AF400421

2024 Dietzmann Inken

Verlagslabel: Erfahrene Familienberaterin

Druck und Distribution im Auftrag der Autorin: tredition GmbH, Heinz-Beusen-Stieg 5, 22926 Ahrensburg, Deutschland.

Hallo ihr lieben,

in meinem ersten Buch, „Wie das Jugendamt wirklich tickt"
habe ich euch meine Anfangs Erfahrungen geschrieben mit
dem Jugendamt.

Da meine Tochter immer noch in dieser Einrichtung ist und wir
stets ohne Grund weiter nur 1 Stunde im Monat in Begleitung
bekommen, haben wir einen Eilantrag an das Gericht gesandt.
Mittlerweile wird uns vorgegeben, wann wir „kuscheln"
dürfen, das heißt, dass sich meine Tochter nicht mehr während
der Umgangszeit von 45 Minuten sich an mich anlehnen darf.
Das ist nicht in Ordnung. Der Jugendamt hatte einfach ohne
unseres Wissens ein anderes Gericht angeschrieben, da sie
unbedingt den Fall abschieben wollten. Dem wurde auch
entsprochen. Man hat mit uns Kindeseltern nicht geredet
darüber. Scheint wohl zu Viel verlangt zu sein, einem eine
Information zuzusenden per Mail oder auf den Postweg. Zum
Hilfeplangespräch war zum einen unsere Tochter nicht dabei,
das war schon ein Fehler, es wurde die Eltern – Kind Therapie
verneint, die Elternarbeit in der Einrichtung wurde verneint,
das Kind darf nur ein kleines Geschenk erhalten und nicht dass
was es von uns mitgebracht bekommen will. Weiterhin werden
in unserem Beisein ihre Taschen durchsucht. Meine Tochter
stet kurz vor den Tränen. Man darf mit dem Kind noch nicht
mal einen Tausch ausführen, wenn das Haargummi oder die
Kopfhörer kaputt sind und es einen darum bittet dasselbige
nochmals zu besorgen, dann ist so etwas in den Augen des
Jugendamtes sowie der Begleiter ein „Geschenk". Ich frage
mich immer wieder erneut, seit wann ist ein Tausch ein
Geschenk oder wenn man dem Kind etwas mitbringt was es
von einem mitgebracht haben will?!Es wird einem vom
Jugendamt vorgehalten, dass man sich die „Liebe des Kindes
erkaufen will", wie soll das bitte schön gehen, wenn man genau

das mitbringt was es haben will?! Im Hilfeplangespräch hatte ich die Frage gestellt, ob es möglich ist, das Kind zu seinem Geburtstag zu sehen und zu Weihnachten, daraufhin bekam ich die Antwort, es geht nicht die Einrichtung kann es nicht organisieren mit dem Personal. Zudem bekommt man zu Ohren, das Kind wäre zu Dumm mit Gutscheinen umzugehen, ihre Oma hatte meiner Tochter 3 Amazon – Gutscheine zugesandt, das hat jetzt immer noch der Vormund, der seit dem Oktober gar nicht mehr zuständig ist, laut dem Gericht, sondern jetzt irgendjemand anders. Meinem Kind wurde die Jugendweihe verweigert, sie hatte sich ein Kleid extra dafür gekauft, sie hatte sich gefreut und wusste leider den Termin nicht. Als es dann soweit gewesen war, hieß es seitens des ehemaligen Vormundes und der Einrichtung, nein du nicht. Sie musste mit anschauen wie alle anderen Jugendweihe hatten und sie gar nicht. Das ist eine Schande, nur weil der letzte Vormund mein Kind als „Dumm" hingestellt hatte, war es noch lange kein Grund mein Kind von der Jugendweihe auszuschließen. Mein Kind ist nicht Dumm, auch alle anderen Kinder nicht. Das sind solche Behauptungen, die das Jugendamt gerne benutzt, nur um für ihre eigenen Zwecke sich Vorteile zu ergattern, da sonst das Geld nicht in der Tasche stimmt. Es werden voll und ganz die Gesetze vom Kinder,- und Jugendstärkungsgesetz nicht beachtet, obwohl man den Mitarbeitern es vorhält. Meine Tochter will sich mit ihrem Gerichtsbeistand auseinandersetzen, damit sie ihr dabei hilft, den Antrag auf Beendigung der Vormundschaft zu stellen. Leider wird ihr das verboten. Man darf dem Kind noch nicht mal eine Adresse vom Gericht geben, dass wird ihr sofort weggenommen und dem Vormund übergeben. Ihr wisst ja dass ich Bücher schreibe, sie wollte sich ein Buch von mir über den Amazon – Gutschein bestellen, der Zettel auf dem ich ihr die Titel meiner Bücher geschrieben habe, wurde ihr weggenommen und es ist meiner Tochter gesagt worden, dass es Geheime Botschaften wären und die Bücher nur etwas für Erwachsene sein sollen. Das stimmt nicht, ich hatte es gleich angesprochen und es hielt mir der Vormund vor, dass ich selbst nicht wissen würde, was ich an Büchern schreibe. Nun muss man leider Ruhig bleiben und alles herunter schlucken. Diesbezüglich habe ich eine Anzeige gemacht wegen Verleumdung. Bei einem Treffen mit dem Kind, war eine Stellvertretung da, die den Umgang begleitet hat. Wir haben wie immer Kaffee und Kuchen mitgebracht, ich packte es auf den Tisch und wir fingen an uns mit unserer Tochter zu unterhalten. Mit einmal ohne Vorwarnung machte sie ihr Handy an und irgendwelche Musik, die wir überhaupt nicht wollten. Die Dame meinte nur, weil sie es schöner findet mit Musik beim Kuchen und Kaffee. Anstatt uns zu fragen, ob wir es möchten, wurde einfach entschieden. Das war noch nicht alles! Ich war gerade so schön im Gespräch mit meinem Kind, fing sie nicht an dazwischen zu reden und uns auf eine Tafel hinzuweisen, wo die Uhrzeiten dran stehen mit den jeweiligen Dingen die wir während des Umgangs zu machen haben? Wir kamen uns alle drei vor wie in einem Seminarraum und nicht an einem Ort, wo man die eigenen Kinder treffen kann. Meine Tochter hatte nur die Augen gerollt. Dann hatte ich meine Tochter gefragt, welche Farbe der Pullover haben soll, den sie sich wünscht. Funkt sie wieder dazwischen und meinte nur, dass alle Kinder nur eine Farbe anziehen wollen. Danach fingen wir an zu spielen, dass Dodilido – Spiel. Ihr könnt euch schon Denken, es wurde erneut dazwischen gefunkt. Da ich meinem Kind schöne Socken mitgebracht hatte, ganz neu und sie die selbe Größe trägt, musste mich schon wieder diese Dame mit einer ganz blöden Frage belästigen. Diese Frage war: „Von wem haben Sie die Socken?"

Ihr könnt euch gewiss vorstellen, wie ich mich da gefühlt habe und mich zusammenreißen musste, damit ich nicht aus der Haut fahre. So eine Dumme Frage kann man ganz einfach nicht stellen, einer Mutter gegenüber.

Ich wollte meiner Tochter spezielle Reinigungsbürsten für ihre feste Zahnspange mitgeben. Da faucht mich diese Abholer-in von der Einrichtung an, sie hätten alles in der Einrichtung und schmiss mir dass quasi vor die Füße. Ich hatte nur gesagt, dass ist schlimmer wie im Kindergarten, wie man als Kindeseltern behandelt wird. Mein Kind kamen die Tränen.

Meine Tochter hatte während der Verabschiedung sehr laut geäußert, dass sie hofft, uns zu ihrem Geburtstag sehen zu können. Zudem hatte sie noch am selben Abend in der Einrichtung die Mitarbeiter genötigt dazu, dem zuzustimmen. Vorher hatte ich keine Nachricht erhalten wegen eines weiteren Termins. Gleich am nächsten Tag bekam ich eine SMS von der Umgangsbegleiterin, dass der Umgang seitens der Einrichtung am 16.11. genehmigt wurde. Genau an diesem Tag hat sie Geburtstag. Es muss endlich aufhören, dass wir Eltern sowie unsere Kinder schikaniert werden. Dass sich stets während des Umganges reingehangen wird und alles aufgeschrieben wird wer, was gesagt hat. Da diese Dinge nicht gesetzlich sind. Zu ihrem Geburtstag hatten wir endlich auch mal einen Umgang der zum Glück nicht abgesagt worden war. Während der Verabschiedung bemerkte ich, dass merkwürdiger Weise unser Kind nicht durchsucht wurde. Kaum waren wir zu Hause angekommen, fand ich einen Brief vom Amtsgericht vor, indem war geschrieben, dass es um die elterliche Sorge geht und endlich mal sich mit unseren erweiterten Führungszeugnissen auseinandergesetzt wurde. Es steht drin, dass es keinerlei rechtskräftige Verurteilungen gegen uns gab, was unsere Tochter betrifft. Wir wurden zu einem Termin geladen, indem auch beide Jugendämter zu erscheinen haben und es wurde auf mich gehört, dass der Gerichtsbeistand, den meine Tochter kennt, ebenfalls geladen wurde. Nun wurde unsere Tochter angehört und es kam heraus, dass sie angeblich einen Vormund weiterhin will und sie weiterhin in Begleitung den Umgang haben möchte und dass ihr es ausreichen würde. Ich stelle fest, dass meine Tochter Manipuliert wurde, seitens des neuen Vormundes und der Sozialarbeiterin, die wir derzeit noch haben. Es wurde mir Kindesmutter in die Schuhe geschoben, dass ich selbst daran Schuld gewesen bin, dass Umgangstermine ausgefallen seien. Ich hatte sofort auf dem Gericht klar gestellt, dass ich stets die Klinik Termine sowie die Fachärztlichen Termine immer so gelegt hatte, dass der Umgang gewährleistet ist. Zum Glück hatte ich die gesamten Terminzettel vorab kopiert und mitgenommen. Am Ende der Verhandlung hieß es, es bleibt dabei und ändert sich nichts, es sei denn, wenn unsere Tochter etwas anderes sagt. Draußen wurde mir von dem neuen Vormund erzählt, dass sie die Aufgabe hätte, alle Familien wo die Kinder nicht mehr zu Hause leben dürfen, den Eltern einen Hausbesuch abzustatten. Hierbei kann ich euch nur anraten, auf das nicht einzugehen und laut Gesetz darf der Vormund in diesem Fall nicht in die Wohnung hinein und ihr braucht diesen auch nicht in die Wohnung zu lassen, es sei denn, euer Kind wohnt bei euch. Das muss man sich einfach mal vorstellen, wie ein Vormund überhaupt darauf kommt, Eltern in der eigenen Wohnung aufsuchen zu wollen. Die Sozialarbeiterin des Jugendamtes, welche wir die gesamte Zeit haben, hatte erneut das Gutachten benannt und sich darüber ausgelassen. Wir stellen einen Antrag auf dem anderen Jugendamt welches jetzt den Vormund für unsere Tochter bestimmt hat auf einen anderen Sozialarbeiter. Denn mit dieser Dame ist keine Zusammenarbeit möglich, alles wird verneint und uns lässt sie keine Chance uns zu beweisen, dass wir keine schlechten Eltern sind. Selbst diese Richterin hatte erneut verneint die Eltern – Kind – Therapie, es stehe jetzt nicht zur Frage, hieß es. Hätte diese Sozialarbeiterin nicht mit dem Gutachten, welches falsch ist, angefangen, so hätten wir unsere elterliche Sorge zurück bekommen. Aber wir geben nicht auf. Ich bleibe weiterhin hart bis ich es habe und mein

Kind wieder freier Leben kann. Es wurde mir seitens der Sozialarbeiterin vorgehalten, dass ich extra an die Stelle gegangen wäre, wo mein Kind mit der Schulklasse immer Montags zur selben Zeit hingeht. Das stimmte aber nicht, denn ich war nur zufällig dort gewesen und wenn mein Kind mich sieht und ich es auch, dann bleibe ich stehen, warte bis die Ampeln auf Grün stehen und meine Tochter zu mir rennen kann. Das tat sie auch, mit offenen, ausgebreiteten Armen rannte sie zu mir und drückte mich ganz fest, sie fing an zu weinen. Das war genau einen Tag bevor meine Tochter angehört worden war. Sie hatte mir gesagt, dass sie keinen Vormund mehr will, frei sein will, offenen Umgang haben will und keine Begleitung während der 2 Stunden im Monat. Also ist festzustellen, dass ganz offensichtlich meine Tochter unter Druck gesetzt worden war, zu sagen, dass es so bleiben soll wie es ist. Ich glaube der Richterin nicht und nicht den anderen.

Meine Tochter ist nicht gerade sehr glücklich über diese Umstände man merkt es und sieht es ihr auch an. Wenn sie in dem Heim rebellieren tut, dann kann man das nicht auf uns Eltern abwälzen.

Es wurde seitens des Jugendamtes an den neuen Vormund angeordnet, dass der Umgang im Dezember nicht stattfindet und uns, wie es jedes mal der Fall ist, eine Stunde vorher anzurufen gilt mit Aussagen wie: „Kann nicht stattfinden wegen Personalbesprechung, daher keine Vertretung und aufgrund Krankheitsfällen!" Da ist man erneut sauer und ich habe sofort dieser Umgangsbegleiterin geschrieben, dass noch im Dezember der Umgang stattfinden muss. Da wurde mir zurück geantwortet, dass habe sie zur Kenntnis genommen, sie würde sich melden. Daraufhin schrieb ich ihr erneut. Bisher keine Antwort. Von dem neuen Vormund haben wir ebenfalls noch nichts schriftliches erhalten und keine Auskunft darüber, wie es meiner Tochter geht. Man kann doch nicht den Umgang verweigern, sich nicht melden und irgendwelche Sachen behaupten, die nicht stimmen, nur weil die Umgangsbegleiterin zu faul ist, eine Vertretung rechtzeitig zu organisieren. Nachdem ich eine weitere SMS an die Umgangsbegleiterin geschrieben hatte, bekam ich endlich von ihr eine Antwort, darin wurde mir vorgehalten, dass eine Kollegin von ihr mich angeblich angerufen hätte, was allerdings nicht stimmte, denn es war kein Anruf auf meinem Telefon zu verzeichnen. Des weiteren schrieb sie, dass der Umgang 2 Tage vor Heiligabend stattfindet. Da ich ihr geschrieben hatte, dass ich einen Tag im Januar freigehalten habe, damit der Umgang gewährleistet werden kann, kam sie mit der Ausrede, dass sie es nicht festhalten kann aufgrund von personellen Engpässen. Schaut man sich allerdings die Seite von dieser Einrichtung an, da versteht man nicht, wo diese Engpässe liegen sollen, denn es werden Hausmeister und andere gesucht. Man bekommt wirklich das Gefühl, als ob versucht wird, dass das eigene Kind irgendwann dort sagen soll, es will mit den Eltern keinen Kontakt mehr haben. Da ihr mich kennt, wisst ihr genau, dass ich nicht locker lasse und auf den Umgang plädiere, da er einem zusteht. Genau eine Woche nach Weihnachten habe ich diesem neuen Vormund eine Mail gesandt, dass es unmöglich ist, in die andere Stadt zu fahren, da wir es zeitlich nicht schaffen und darum gebeten dass wir uns in einem Bäcker treffen. Daraufhin bekam ich die Antwort, es könne sie angeblich nicht realisieren und ich solle doch für Februar Ihr einen Terminvorschlag machen mit dem Hinweis, dass sie nur an Dienstags nach 16 Uhr kann. Ich gab ihr zu verstehen dass ich nicht soweit vorgreifen kann und der Bäcker ein neutraler Ort ist und ich bei dem Treffpunkt bestehen bleibe sowie dass es laut Gesetz schon längst hätte stattfinden müssen, denn sie ist neu und muss sich uns vernünftig vorstellen und mit uns ein Gespräch führen, welches sie bisher nicht getan hatte.Diese Dame ist der Ansicht dass es nicht Eilt und keine Dringlichkeit hat. Ich habe das Gefühl, dass diese Sozialarbeiterin, die wir leider immer noch haben, dahinter steckt und wie immer alles blockiert. Anders kann ich mir das nicht vorstellen. In meiner Mail stellte ich ihr die Frage, ob es denn möglich sei, den Umgang in der Einrichtung stattfinden zu lassen, damit wir sehen wo unsere Tochter genau ist und ob wir mit der Einrichtung zusammenarbeiten können. Bisher erfolgte keine Antwort auf meine Fragen. Stattdessen bekam ich per Mail eine Nachricht von der Umgangsbegleiterin, das sie mit der Einrichtung einen Termin verhandelt hatte, den ich selbst nicht wahrnehmen konnte und schrieb mir, dass sie nur den Tag anbieten könne. Daraufhin habe ich ihr geschrieben, warum denn nicht den Tag, den ich vorgeschlagen habe, da es der einzigste ist, den ich mir frei gehalten habe. Es kam die Antwort, die Einrichtung könne es nicht gewährleisten und es wäre aber der Tag zuvor noch machbar. Da ich meine Tochter sehen will, schrieb ich ihr erneut zurück, dass ich gezwungener Maßen den Facharzttermin an dem besagten Tag verschieben muss und dass ich an dem Tag pünktlich vor Ort bin. Zwei Tage später erhielt ich die Antwort, dass die Einrichtung den einen Tag nicht gewährleisten kann und es nur den einen Termin geben würde sowie dass sich der Treffpunkt erneut geändert hat, nur die Straße. Das mit der Gewährleistung glaube ich nicht, sie wollen es einfach nur nicht, das ist der springende Punkt. Von dem neuen Vormund habe ich nichts mehr gehört oder gelesen, sie antwortet genauso wenig bis gar nicht wie ihre Vorgängerin. Sie hält es noch nicht mal für nötig mir einmal in der Woche zu schreiben, wie es meiner Tochter geht und wie sie sich auch in der Schule entwickelt. Selbst hatte sie es auf dem Gericht uns gesagt, dass sie uns 1 mal in der Woche eine Nachricht diesbezüglich schreibt und uns darüber informieren will. Auf dem Gericht war es mir gleich aufgefallen, da stimmt etwas nicht mit der Dame. Ich habe ihr meine Visitenkarte gegeben, selbst hätte sie angeblich keine und bräuchte noch nicht einmal eine E-Mail Adresse sowie eine Handynummer. Auf einem Zettel, den ich aus meinem Notizblock entnommen hatte, schrieb sie frech die Mail Adresse von dem Jugendamt selbst hin sowie eine Festnetznummer, die beim Jugendamt ins Sekretariat gelangt. Da stellt man sich wirklich die Frage, weiß die Frau überhaupt was sie beruflich ausübt? Ich selbst bin auch beratend tätig mit Schwerpunkt Jugendamt/Kindererziehung und Stalking. Da ich aus der Betroffenenperspektive berate persönlich als auch online. Meine Beratung ist Problemlösend und helfe allen Familien aus der Jugendamtskrise heraus. Da ich es mir zur Aufgabe gemacht habe und ich bin nicht eine die beim Jugendamt irgendetwas erzählt oder alles weiterleitet, da ich weis wie das ist. Zudem biete ich auch für alle Kostengünstig meine Beratungen an, da ich privat bin und kein Verein.Mir ist es wichtig,dass die Kinder bei Mama und Papa bleiben und nicht in einer Einrichtung, Kinderheim oder Pflegefamilien leben müssen. Daher setze ich alles daran, dass es nicht soweit kommt. Auch Hausaufgabenhilfe und dergleichen. Egal um was für Auflagen es sich handelt vom Jugendamt. Ich unterstütze euch!!!!!!! Traut euch ruhig mir eine Mail zusenden oder mich anzurufen! Gerne bin ich für euch da, auch wenn das Jugendamt in der Nacht vor der Tür steht und euch die Kinder wegnimmt, da braucht man ebenfalls eine Beratung und jemand den man erreichen kann. Ich freue mich über eure Terminvereinbarungen mit mir. Innerhalb von 24 Stunden erhaltet ihr eine Antwort!

Wir hatten endlich im Januar ein Treffen mit unserer Tochter, zunächst standen wir bei der neuen Adresse vor der Tür. Diese Dame die den Umgang begleitet kam 10 Minuten später anmarschiert. Wir bekamen noch nicht mal neue Termine, damit wir unsere Tochter sehen können. Ich hatte ihr einen Jahreskalender mitgebracht und eine DVD die sie unbedingt von mir haben wollte. Es wurde gleich gesagt, es war gesagt worden nur ein Teil. Da frag ich mich, seit wann ist ein

Kalender ein Geschenk? Wir hatten nur zur Antwort gegeben, dass es einen neuen Vormund gibt und dieser noch nicht mal sich mit uns Verbindung gesetzt hat, selbst auf meine Anfrage hin, bekam ich keinerlei Antwort. Meine Tochter bat mich ihr eine Liste der Bücher mitzubringen, die ich bereits geschrieben habe, da sie sich aussuchen will was sie sich kaufen möchte. Diese habe ich ihr gegeben und prompt kam die Aussage, dass meine Tochter diese Liste nicht bekommen darf, denn es weiß keiner ob da nicht etwas Geheimes drin steht. Ich gab gleich Contra, denn ich selbst als Autorin, weiß was ich schreibe. Etwa 3 Wochen nach dem Treffen, bekam ich eine E – Mail von dem neuen Vormund. Angeblich käme sie nicht an ihre Serveradresse darauf mit ihrem Kalender darin, sowie sie darauf kommt, meldet sie sich mit Terminvorschlägen bei mir. Es wird versucht zu ignorieren, dass wir uns an einem neutralen Ort treffen um ein Gespräch zu führen. Diese Dame will uns dazu zwingen, in das Jugendamt Sömmerda zu kommen. Wir lassen uns nicht zwingen. zudem gehen wir beide einer Arbeit nach und können nicht laufend wegfahren und nach ihrer Nase tanzen.

Man merkt, dass alle Vormünder keinerlei Interesse daran haben, ein Gespräch führen zu wollen mit uns Eltern.

Ich werde es auch nicht zu lassen, da es meiner Tochter verboten wird, die 13. Klasse zu besuchen, da sie gerne machen will. Ich habe herausgefunden, dass die Jugendämter mit Absicht Etikettenschwindel betreiben mit den Kindern und behaupten, sie würden Lernbehindert, Dumm, Geistig Behindert sein, obwohl sie das nicht sind, da sie sonst keine Gelder mehr erhalten. Lasst Euch bitte nicht einreden, dass Euer Kind dumm oder lernbehindert ist. Da ihr es am besten wisst, wie wissbegierig sie sind. Wir hatten doch damals selbst in der Schule in irgendeinem Fach Schwierigkeiten gehabt und waren auch nicht dumm, geistig behindert oder lernbehindert. Seht daher bitte zu, dass eure Kinder in die normale Klasse geht und ihr seid nicht dazu verpflichtet irgendeine Förderung in irgendeinem Fach das Kind hinein zu zwängen. Damit will man nur mehr Lehrer erreichen und Gelder einsparen auf dem Rücken unserer Kinder.

Nach etwa 2 Wochen, bekam ich ein Schreiben von der Sozialarbeiterin, darin schreibt sie Wort wörtlich: „Bezugnehmend auf Ihre Email möchte ich zunächst darauf verweisen, dass die Mitarbeiterinnen der Stadtverwaltung.... dazu angehalten wurden, den persönlichen Kommunikationsverkehr nur über sichere Wege zu tätigen. Im Hintergrund steht der Schutz Ihrer persönlichen Daten. Einen Austausch per Email kann ich diesem Zusammenhang nicht mehr gewährleisten! Mit dem Vormund habe ich mich in Verbindung gesetzt, wir würden den Hilfeplan Gesprächstermin im Hinblick auf Ihre Anliegen gleichsam nutzen wollen. Hier können Sie dann alle offenen Fragen stellen." Da stellt man sich die Frage, ob man wieder in die Steinzeit zurück katapultiert werden soll? Man bekommt auch das Gefühl, das keine Kommunikation gewollt ist. Ich glaube nicht daran, das der Amtsleiter oder die Stadtverwaltung den Email Verkehr verbietet, es ist ja gewollt, der Austausch hauptsächlich per Email. Lasst Euch da bitte nicht in die Irre führen.Genauso das der Vormund gemeinsam mit dem Sozialarbeiter ein Gespräch mit Euch führen will, den ihr selbst noch gar nicht kennt. Daher bleibt hart und ich bin es auch, auf dem neutralen Boden wollen wir weiterhin das Gespräch führen und das der Vormund alleine ist. Denn nur so kann man die Person erst mal kennen lernen. Ich hatte der Sozialarbeitern trotzdem eine Email gesandt, das wir darauf bestehen, dass unsere Tochter auch an dem Tag dabei ist und nicht wie das gerne gemacht wird, uns Eltern etwas erzählen, was das eigene Kind angeblich gesagt hat. Darin schrieb ich auch, dass wir nicht von hören und sagen erzählt bekommen wollen, was unsere Tochter gesagt hat, sondern von unserem Kind selbst zu

Ohren bekommen wollen. Statt eine Antwort darauf, bekamen wir eine Mail von dieser Umgangsbegleiterin, dass der Umgang erneut nicht stattfindet da sie krank ist und angeblich keine Vertretung da wäre. Das ist in meinen Augen nur Schwindelei, denn immer wenn es ein Hilfeplangespräch oder ein Gerichtstermin 5 Tage später gibt, fällt immer der Umgang vorher flach, damit sie auf das Kind einreden können.

Pünktlich zum Termin waren wir dort angekommen und mussten uns zunächst anhören von dem Vormund, „mein Mündel!" Danach hatte ich die Ziele und Wünsche vorgelesen sowie 10 Fragen gestellt, mit dem Wort, welches ich hinzu gefragt habe in jedem Satz „kriminell", da man wirklich glaubt, es ist kriminell, wenn man zum Beispiel sich nach dem Umgang in Ruhe anzieht und dann den Raum verlässt, da man stets hinaus geworfen wird. Dass war dieser Sozialarbeiterin des Jugendamtes ein Dorn im Auge und meinte das wäre nicht kriminell. Ich sagte aber, das man sich so fühlen tut auch wenn man auf offener Straße dem Kind begegnet und es sich freut einen zu sehen und umarmt sowie man noch 2 Worte wechselt. Da kam prompt die Frage „welche Stadt?" meine Antwort darauf war alle Städte. Sie fing dann an zu stottern, da sie genau wusste, dass es nichts verbotenes ist und fing aber immer wieder an, sodass ich dann gefragt habe, nach dem ganzen Terminen für Ausflüge mit der Schule und dieser Einrichtung, damit ich Umwege laufen kann und somit ihr nicht begegnen tue. Das verneinte man, da es mir verboten ist die gesamten Termine zu bekommen und werde sie nicht bekommen. Dann fing diese Umgangsbegleiterin an, ich hätte mich angeblich mit meiner Tochter abgesprochen mich mit ihr zu treffen. Das verneinte ich und meinte sie solle doch bitte richtig hinhören und aufschreiben, es wurde mir unterstellt dass ich Sätze gesagt haben soll, die ich gar nicht gesagt hatte, und es immer wieder verneint und gesagt, „das stimmt nicht, ich habe etwas anderes gesagt und wenn ich in der Ecke einen

Termin habe, kann es auch mal passieren das ich meiner Tochter über den Weg laufe, des weiteren werde ich stehen bleiben, wenn sie mich auf der anderen Straßenseite sieht und warten, bis sie drüben angekommen ist!" das wurde immer wieder versucht mir die Worte im Mund herumzudrehen, aber ohne Erfolg, denn ich blieb standhaft. Diese Begleiterin sagte auch, „das haben sie gesagt!" immer wieder. Nun fiel diesem Vormund zudem noch ein, sie hätte angeblich mit meiner Tochter gesprochen und sagte „mein Mündel hat gesagt!" das war mir dann zu bunt geworden, wurde laut aber höflich und stellte klar, dass dieses Wort nicht mehr erlaubt ist zu benutzen und ich es ihr nicht Glaube, dass meine Tochter es angeblich gesagt haben soll, wie dass es so bleiben soll wie es ist, denn ich weiß was sie will, sowie dass ich an diesem Tisch persönlich von meiner Tochter zu Ohren bekommen will, was ihre Ziele und Wünsche sind und nicht über Hundert Ecken. Danach habe ich den Raum verlassen und zu verstehen gegeben, wie alt meine Tochter ist sowie dass wir an allem festhalten auch dass unser Kind beim Gespräch dabei ist und das Gesetz es vorschreibt, egal wer nun das Sorgerecht hat. Ich lasse mir nun mal nicht unterstellen und Worte in den Mund legen sowie dass mir meine Worte herum gedreht werden, dass ist dann zu viel des Guten sowie wenn man meine Tochter beleidigt.

Das Wetter war genau so wie es im Raum abgelaufen war.

Zum Glück hatten wir dann genau einen Monat später den Umgang mit unserer Tochter. Man kam dort an, der Raum war Eisig Kalt, die Balkontür stand offen und draußen herrschte kaltes und windiges Wetter. Meine Tochter kam mit Erkältung an, diese Umgangsbegleiterin hielt es nicht für nötig die Heizung anzumachen. Wir hatten alle gesagt dass es kalt ist. Stattdessen musste sie im Beisein von unserer Tochter uns sagen, wir müssen die Zehn Euro aus dem Valentinstag Geschenk herausnehmen, angeblich hätten wir es nicht gedurft.

Ich konterte, weil ich vorab mit dem Vormund telefonisch abgesprochen habe. Das interessierte sie nicht. Ebenso mit den Ostereiern die ich beim kommenden Umgang mitbringen will, da ich diese selbst koche und bemale. Meine Tochter brach in Tränen aus und klammerte sich an mich und habe sie beruhigen müssen. Zum Glück hat sie mir aufgeschrieben was ihre Ziele und Wünsche für die weiteren Umgänge sind, das hat der Begleiterin nicht gepasst und siehe da, dieser Vormund hatte uns doch angelogen und ihre Worte herum gedreht. Diesen Zettel habe ich kopiert und an die Richter gesandt, per Mail als Anhang an alle Beteiligten auch der Einrichtung weitergeleitet, das Original bleibt bei uns. Mal schauen, was sich ergibt. Ich sagte auch zu meiner Tochter, dass sie egal wer vor ihr sitzt diese Dinge auch sagen kann. Ach nicht dass ich es vergesse euch zu erzählen, zu Beginn legte diese Begleiterin Gummibärchen auf den Tisch und schob diese meiner Tochter zu mit der Aussage, sie solle sich nehmen. Sie hatte nichts genommen, nur unseren Kuchen, die Schokolade und den Kaffee von uns, da sie gemerkt hatte, diese Frau will mich ködern damit.

Das fand ich Klasse dass sie nichts genommen hatte.

Ich habe dann zu Hause das Schriftstück von meiner Tochter genommen, eingescannt und an jeden einzelnen via E-Mail als Anhang zugesandt sowie der Richterin in Kopie geschickt. Auch der Einrichtung habe ich eine Mail gesandt mit diesem Anhang.

Ich hatte Euch erzählt, dass ich wegen der Taschenkontrolle, die seitens des Jugendamtes gemacht wurde und uns erpresst hatten damit, wenn wir die Taschen nicht auspacken, dann dürfen wir unser Kind nicht sehen und ich daraufhin eine Anzeige gemacht hatte, die eingestellt worden war. Nun hat mich die Kripo angerufen, da sie die Akte wieder vor sich liegen hat und mich als Zeugen haben will, dazu hat sie mich eingeladen, eine Woche nach dem Anruf. Ich kam dort an zu dem Termin, allerdings war der Sachbearbeiter nicht da wegen Krankheit, er sollte sich bei mir melden, was er allerdings nicht getan hatte. Meiner Meinung nach, braucht mich keiner mehr von der Kripo diesbezüglich anrufen, da ich sowieso schon alles gesagt hatte und aufgeschrieben habe. Die Puzzle müssen die sich selbst zusammen Stricken. Man ist zudem auch nicht verpflichtet nochmals wegen derselben Angelegenheit dorthin zu gehen.

Es stellt sich heraus, dass unsere Tochter angeblich selbst eine Anzeige gegen uns Eltern gemacht haben soll, was wir nicht glauben, denn an dem besagten Anzeigetag, wurde sie von der Richterin bezüglich des Umganges befragt und wir Kindeseltern hatten am Tag danach auf dem Gericht einen Termin. Also muss der neue Vormund selbst diese Anzeige geschrieben haben und unsere Tochter musste unterschreiben, ohne dass sie es lesen durfte und wurde Garantiert unter Druck gesetzt sowie auf dem Namen meiner Tochter die Anzeige geschrieben haben. Das habe ich dem Pflichtverteiger geschrieben per Mail, denn wenn ein Kind sich auf den Umgang freut, die Eltern umarmt und nicht loslassen will, dann kann auch diesbezüglich nichts gewesen sein und war auch nichts gewesen, im Anhang habe ich dem Rechtsanwalt die weiteren Wünsche und Ziele unsere Tochter mit zugesandt, denn darin ist auch eindeutig zu lesen, dass es Ungereimtheiten gibt, welches die Anzeige betrifft.

Nun war ich beim Anwalt gewesen und fragte ihn, was aus der Anzeige ist, er meinte, die Erzieherin schrieb einen zwei – Zeil er darin war kein Ort und Datum gewesen und dass unsere Tochter ihr angeblich erzählt habe, was wir nicht glauben, dass wir sie, naja ihr könnt euch schon Denken. Der Anwalt sagte auch, dass die Staatsanwaltschaft ein Glaubwürdigkeitsgutachten machen lässt, da nicht heraus zu bekommen ist, ob es sich nur um ein Scherz handelt, sie dazu benutzt wurde oder unser Kind den Druck nicht mehr aushält und so an den offenen Umgang heran kommen will und ausbrechen möchte. Es gibt sehr viele Möglichkeiten. Zudem will der Anwalt auch bei der Vernehmung unserer Tochter anwesend sein. Hoffentlich gehen wir nicht unschuldig in das Gefängnis! Wir haben nichts getan, nur weil das Jugendamt offensichtlich uns aus dem Rennen haben will, versuchen sie es mit solchen Mitteln. Es ist eine Schande die Kinder dazu zu benutzen, obwohl nichts gewesen ist! Ich hatte, nachdem der Umgang vorbei war, meine Tochter im Flüsterton leise gefragt, ob sie einer Erzieherin etwas gesagt hat und ob sie von einer Anzeige gegen uns etwas weiß. Sie war erstaunt, wütend und sehr erbost darüber, meinte nur, dass sie keiner Erzieherin was gesagt hatte und sie zudem von einer Anzeige gar nichts wusste. Da frage ich mich, warum wird still und heimlich, ohne das Kind darüber zu informieren, eine Anzeige gemacht? Ihr könnt euch sicher schon Denken, dass ich es sofort dem Pflichtverteiger darüber per Mail informiert habe.

Nun stand im Juli der Umgang mit unserem Kind fest. Am selben Vormittag, kaum hatte ich den Kuchen eingepackt und was man sonst noch so mit nimmt, bekam ich einen Anruf, dass der Umgang nicht stattfindet, da angeblich alle Begleiter krank sind und sich keiner findet aufgrund von Personalmangel. Es ist klar, dass das eine Ausrede ist, denn diese Vereine oder derjenige der den Umgang begleitet, ist laut Gesetz verpflichtet es dem Jugendamt zu melden, damit der Umgang stattfinden kann. In meinen Augen haben diese Personen einfach keine Lust. Am Telefon machte ich denen klar, dass wir noch im Monat Juli den Umgang haben wollen, dass er stattzufinden hat. Es wurde mir gesagt, dass es eventuell, sie es aber nicht genau sagen kann. Ich blieb stur und daraufhin legte man auf. Im selben Moment hatte ich der eigentlichen Begleiterin ein SMS gesendet, mit der Bitte darum, uns bis zum Wochenende den Termin mitzuteilen, wann der Umgang stattfindet. Diese Dame hat es nicht für nötig empfunden, mir eine Antwort darauf zu geben!

Wir ihr mich ja nun bereits kennt, gebe ich nicht auf und bleibe hart und stur! Denn diese Dame hatte uns noch nicht einmal die weiteren Termine für den Umgang benannt, man darf noch nicht mal selbst mit der Einrichtung absprechen.

In dem Umgang bemerkte ich, dass meiner Tochter etwas auf der Seele brennt, sie sich aber nicht traut darüber zu reden. Ich habe sie darauf hin angesprochen und sie meinte zu Beginn zunächst es sei alles in Ordnung. Da habe ich nicht nachgegeben und ihr gesagt, dass sie ruhig alles sagen kann. Mit einmal fing sie an zu weinen und erzählte uns was geschehen ist. Sie hatte eine große Dummheit begangen mit ihrem Freund und die Einrichtung gab meiner Tochter gleich Kontaktsperre sowie Umgangsverbot mit uns Eltern. Wir konnten uns gleich denken, warum der Umgang vorab nicht stattgefunden hatte, denn es sind immer die gleichen Ausreden und man nimmt es nicht mehr ab. Da es auch jedes mal ist, sowie unsere Tochter Blödsinn gemacht hatte. Ich habe sie getröstet, umarmt und ihr immer wieder Mut zugesprochen und ihr Wege gegeben, wie sie es wieder gerade Bügeln kann und den Kopf nach oben halten soll, sie sich nicht aufgeben darf und jederzeit gegen die Einrichtung eine Anzeige starten kann. Sie stand auch kurz davor, einen Selbstmordversuch zu begehen und ich habe habe ihr es ausgeredet. Die Kinder dürfen nicht mit den Eltern darüber reden, aber ich finde, dass man es ignorieren sollte, denn sie müssen es sich von der Seele reden und brauchen die nötige Unterstützung und keine Verbote sowie das Angeschnauze von den Erziehern! Da ich wusste das sie endlich einen Jungen gefunden hatte, außerhalb der Einrichtung, der für sie eine große Stütze war, habe ich alles erklärt was sie machen kann. Die Heime und Einrichtungen treten die Kinder und Jugendlichen mit Füßen sobald sie schwerwiegende Dinge angestellt haben oder anderen Unfug! Das darf man nicht. Meine Tochter war heilfroh sich das endlich von der Seele los zu werden und sie auch unsere Unterstützung bekommt die sie braucht! Es ging ihr dann auch etwas besser nach dem Umgang!

Klar, es wurde wie immer alles mitgeschrieben, das wusste auch meine Tochter, deswegen versucht sie zu schweigen und da es ihr seitens der Einrichtung verboten wird darüber zu reden, egal um was es geht, aber das war dann ihr selbst Wurst, nachdem sie anfing zu erzählen.

Sie erzählte was sie für einen Unfug gemeinsam mit ihrem Freund angestellt hatte und die Einrichtung ihr einen kompletten Kontaktverbot zu ihm ausgesprochen hatte. Das finde ich nicht in Ordnung, denn man darf den Kontakt nicht verbieten zu den Freunden, egal was ist. Zudem wurde sie auch angeschnauzt, was die Erzieher auch nicht durften, denn es sind Schutzbefohlene. Ich habe meiner Tochter gesagt, dass sie ruhig Anzeige erstatten kann und sich nicht alles gefallen lassen darf und sie auch das Recht dazu hat. Sie meinte, sie habe keinen Mut dazu, ich habe sie aber gestärkt und ihr auch gesagt das sie Unterstützung von uns bekommt! Man sah ihr auch an, dass sie aufgrund dessen sie sich nicht mehr mit ihrem Freund treffen darf, sie mit dem Gedanken gespielt hatte Suizid zu begehen und ich habe ihr gesagt, dass sie mir es versprechen soll keinen zu begehen. Meine Tochter gab mir die Hand darauf und sagte: „Ich verspreche es Dir!"

Wenn man dort zur Tür hinein kommt, liegt ein A 4 Blatt auf dem Tisch, es steht der Name des Kindes darauf und ein ganz böser Satz. Zudem findet man Klebestreifen auf dem Tisch befestigt vor, ab diesen sollen doch bitte die Eltern des Kindes den Platz einnehmen, der Abstand ist vom Kind soweit weg, dass man sich nicht unterhalten kann. Das haben wir und unsere Tochter ignoriert. Diese Vertretung meinte, da sie sich angeblich eingeengt fühlt, so dicht neben ihren Eltern zu sitzen, daher habe sie es gemacht. So etwas hat rein gar nichts mit einer Förderung des Umganges zu tun! Da kann man sehen, wie mit allen Mitteln versucht wird, den Kontakt zwischen den Eltern und den Kindern zu verhindern. Man hält es nicht für nötig einen Bescheid zu geben wenn es eine Vertretung gibt. Da wird gelogen, angeblich müssen sie in einer Stunde weg und ein anderer setzt sich dann daneben. Man geht auf die Toilette und wen findet man vor? Genau, diese Person die ja weg muss!

Da ich es genug habe, dass man sich stets die Privaten Fotos auch anschaut, hatte ich für meine Tochter eine Präsentation erstellt mit ihren Katzen und oben auf etwas geschrieben, was die Katzen sagen. Nun wollte man sich das doch auch anschauen, ich klappte meinen Laptop zu, als ich sah, wie die Dame zu mir kam. Sie meinte, entweder sie zeigen mir es oder der Umgang wird abgebrochen. Daraufhin habe ich gesagt, dass es private Fotos sind und ich auch nicht in privaten Sachen herumschnüffeln von den Familien, zudem ist mein Laptop auch ein Arbeitsgerät wo sensible Daten darin stehen, die keinem etwas angehen. Das hat sie nicht interessiert und sagte wieder, entweder sie packen den weg oder sie zeigen es mir. Ich hatte sie dann kurzerhand ihres Platzes verwiesen, denn ich habe einen Sperrbildschirm drin mit Kennwort, daher gab ich dieser Dame zu verstehen, dass ich auch nicht daneben stehe, wenn sie ihr Passwort eingibt. Nachdem sie dann endlich an ihrem Platz war, was ihr natürlich nicht schmeckte, schrieb sie alles auf. Meine Tochter standen die Tränen in den Augen, denn noch nicht einmal das, wurde ihr genehmigt, ohne das jemand dabei sitzt sich die Fotos anzusehen. Am nächsten Tag habe ich per Mail mich an die Sozialarbeiterin des Jugendamtes gewandt, um mit ihr alleine ein Gespräch zu führen. Erst wollte sie dass noch jemand dabei sitzt, ich blieb stur und erreichte endlich einen Termin.

Im Termin gab man mir zuerst zu verstehen, dass alle Kinder in den Einrichtungen und Heimen bis zum 18. Geburtstag als minderjährig gelten. Merkwürdig, das Gesetz sagt doch aus, das bis zum 14.Geburtstag minderjährig, zwischen dem 14. und dem 18. Jugendlich und ab dem 18. Geburtstag volljährig. Das gab ich ihr dann per Mail zu verstehen. Denn meine Tochter ist Jugendlich. Da meine Frage ursprünglich war, wenn sie einen Freund hat und sie zusammenziehen wollen, ob sie es darf. Sie hat das Recht als Jugendliche zu sagen, ich ziehe zu meinem Freund, denn sie erzählte mir, dass sie mit ihrem Freund eine Wohnung fertig hat, in der die beiden einziehen wollen. Also, will sich diesbezüglich das Jugendamt nicht an das Gesetz halten. Es kam nur die Ausrede, sie müssen die minderjährigen vor dem Sex schützen bis zum 18. Geburtstag. Das alles klingt ein bisschen Fragwürdig.

Auf meine zweite Frage hin, ob ich ihr ein Buch schenken darf, welches ich für sie geschrieben habe auf ihren Wunsch hin, kam zur Antwort, dass müssen wir erst sehen, was in dem Buch steht! Ich hatte versucht aufzuklären, dass es Autorenrechte gibt, an die sie sich bitte auch halten müssen, bekam ich zur Antwort, es könnte ja sein, dass etwas drin steht was sie beeinflusst, ansonsten dürfen sie es dem Kind erst zum 18. Geburtstag geben. Daraufhin habe ich der Dame ein Beispiel an sich selbst gegeben, wenn ihre Mama anfängt zu erzählen, weißt du noch was du gemacht hast als...! Das hat nur etwas mit Erinnerungen zu Tun und nicht mit Beeinflussung. Sie wusste erst mal nicht, was sie sagen sollte und habe einen Hinweis gegeben, das dieses Buch in ähnlicher Art im Handel zu kaufen gibt. Ich finde es nicht in Ordnung, wie man einem Umspringt.

Dann habe ich darauf gedrungen, dass meine Tochter mit an einem Tisch sitzt beim Hilfeplangespräch und begründet, das es nicht sein kann, dass etliche Leute, einem was von meinem Kind erzählen, was sie angeblich gesagt haben soll, denn jeder redet was anderes. Leider musste diese Dame mir dann zustimmen, da sie alleine war.

Am übernächsten Tag fand der Umgang statt und ich packte meinen Laptop aus, damit sich meine Tochter die Katzenpräsentation ansehen konnte. Diese Dame saß am anderen Ende vom Tisch und machte keine Anstalten, sich ein Foto davon ansehen zu wollen. Stattdessen kam nur die Aussage, sie haben schon wieder den mit. Daraufhin sagte ich nur, dass ich bei der Sozialarbeiterin war und mit ihr ein Gespräch hatte, sie meinte nur, davon weiß ich aber nichts und wollte diese sofort anrufen. Nun, es war zu einer Uhrzeit, wo sowieso keiner mehr da ist im Amt. Meine Aussage war dann nur so nebenbei, dass diese Sozialarbeiterin nichts zu sagen habe, aha dann weiß ich Bescheid. Zum Glück hatte ich noch ein Video am Tag zuvor gefunden, mit den Katzen und machte es meiner Tochter an. Ich drehte es ganz laut, damit diese Dame genau hören konnte, dass es sich um ein Katzenvideo handelte. Dabei sagte ich zu ihr, schreiben sie ruhig auf, dass es Beeinflussung ist, denn das Wort ist von ihnen das Lieblingswort, aber bitte nicht vergessen. Am Ende des Umganges fragte ich meine Tochter, ob denn diese Sozialarbeiterin sie schon gefragt habe, ob sie sich dem gewachsen fühlt, sich an einen Tisch mit zusetzen beim Hilfeplangespräch. Sie antwortete mir, dass es für sie selbst kein Problem darstellt, sie habe auch an dem selben Tag, nur die Uhrzeit wusste sie noch nicht.

4 Wochen später, nachdem ich das Gespräch hatte mit der Sozialarbeiterin, bekam ich von ihr einen Brief, indem sie schrieb, dass ich zum ersten mich auf eigene Gefahr begebe, wenn ich per E-Mail Kommuniziere. Des weiteren schrieb sie mir, dass wir Eltern an dem Hilfeplangespräch an dem besagten Tag nicht dabei sein sollen und sie unsere Tochter im Rahmen dessen fragen will, ob sie dem gewachsen ist. Dazu hinterließ sie mir die Nachricht, dass man bis zum 18.Geburtstag

minderjährig wäre und in Klammern schrieb sie einen Link hin, der auf ein Forum stößt für Studenten, die Jura studieren und dort keine Gesetze enthalten, die zum Beispiel im BGB (Bürgerlichen Gesetzbuch) stehen. Daraufhin habe ich dieser Dame einen Brief zurück geschrieben und ihr in den Briefkasten geworfen vor Ort. Da kann man mal sehen, wie schlau diese Damen vom Jugendamt wirklich sind. Ich glaube sie leben noch im Mittelalter, die Digitalisierung schreitet immer mehr voran, man sendet Dokumente per Mail und den Rest wisst ihr ja selbst. Nun bin ich mal gespannt was sie antwortet. An Absprachen wird sich nicht gehalten, erst sagte sie mir, sie fragt meine Tochter vorab, nun schreibt sie im Zuge dessen.

Jetzt hat sie endlich geantwortet, sie ist der Meinung, dass man eine Mail „auf eigene Gefahr" schreibt, Hinweis auf eine Studentenforum, welches nichts mit den Gesetzen zu Tun hat und die Absprache in ihre Richtung gedreht, heißt, dass sie beim Hilfeplangespräch mein Kind befragen wolle. Nun waren wir an dem Gesprächstag im Jugendamt, diese Dame war nicht da und kein anderer der mit daran beteiligt ist. Ich habe jeden gefragt wo sie ist, erhielt keine korrekte Antwort. Dann entschied man sich mal anzurufen. Keine 2 Minuten später brachte man uns die Nachricht, sie meldet sich zurück bei uns. Es sind jetzt 2 Wochen vergangen, bisher keine Rückmeldung.

Endlich ist der Tag da, das man das Kind sehen kann, leider erst 4 Tage nach dem Geburtstag, wir freuten uns auf unser Kind. Doch, was ist los? Niemand an dem Ort wo der Umgang stattfinden sollte, nun, da haben wir 1 Stunde und 30 Minuten gewartet und immer wieder geklingelt. Es kam keiner und unsere Tochter war auch nicht zu sehen. Man bekommt keine Information darüber, dass der Umgang nicht stattfindet und keinen Ersatztermin. Schweige still im Grab wird gespielt. Die Telefonnummer von der Umgangsbegleiterin ist nicht mehr aktuell, die man mal erhalten hatte. Diese Sozialarbeiterin hielt es auch nicht für nötig uns Bescheid zu geben, ebenso der Vormund, man bekommt keinen an das Telefon, keiner schreibt einem eine Antwort oder meldet sich von alleine.

Am nächsten Tag wollte ich mit der Sozialarbeiterin reden, es hieß sie wäre nicht da und verwies mich auf die Öffnungszeiten. Ich sagte, es ist sehr wichtig, es geht um den Umgang der stattfinden sollte, dass wir nicht vorab informiert worden sind und dass ich, aufgrund dessen ich öfter in die Klinik muss und Facharzttermine habe, einen Tag in der darauffolgenden Woche, damit ich den Termin für die Klinik besser absprechen kann. Es wurde mir gesagt, ich soll doch nicht einen aggressiven Unterton haben und es wurde mir gleich erst mal unterstellt, ich hätte keine Zeit für den Umgang. Ich stellte es nochmals richtig, dass ich die Termine mit der Klinik dann besser absprechen kann und den Umgang gewährleisten will und muss. Diese Dame sagte erneut, ich soll doch nicht aggressiv sein. Auf meine Frage hin, ob die Sozialarbeiterin nun doch nicht mehr zuständig ist, gleich wieder, ich wäre aggressiv. Auf meinen letzten Satz: „Ich hoffe, dass sich endlich wirklich jemand zurückmeldet und nicht, das es wieder nur eine Rede ist, da man auf Rückmeldungen wartet und es bisher nichts gekommen ist!“ wurde mir erneut gesagt, ich sei aggressiv. Einen Satz und den letzten musste ich noch loswerden: „Das nennt man fehlende Kommunikation!“ sie meinte wieder aggressiv und man kann auch per Mail schreiben. Nun ja, jetzt will sie angeblich das mit dem Team absprechen und ich soll eine Rückmeldung bekommen am nächsten Tag. Angeblich wäre die Einrichtung dafür zuständig uns zu informieren, weshalb ich ihr gesagt habe, dass wir es nicht dürfen, da es diese Sozialarbeiterin unterbunden hat und ich keine Mails mehr schreibe, da man dies laut der der Aussage von ihr auf eigene Gefahr tätigt und was hier abgeht Schikane gegenüber den Eltern ist, was nicht in Ordnung ist Dann hat sie mich des Hauses verwiesen.

Am selbigen Mittag bekam ich einen Anruf der Sozialarbeiterin, sie wäre in der Fortbildung und will sich am nächsten Tag erneut bei mir melden. Sie will recherchieren, warum wir keine Info erhalten haben und der Umgang nicht statt gefunden hatte. Als ich meine Anfrage gestellt hatte, das doch der Umgang an einem bestimmten Tag gemacht werden muss, da ich dann die Termine mit der Klinik besser vereinbaren kann, ließ sie mich verstehen, dass sie es nachvollziehen könne und sie sich bemühen will, dass er an diesem Tag ist. Dann sagte sie zu mir, das ihre Kollegin ihr gesagt hatte, dass ich mit der Polizei gedroht habe. Daraufhin stellte ich es sofort richtig, da es nicht stimmt und eine Lüge war,ich habe nicht mit der Polizei gedroht, denn ich blieb sachlich und ruhig! In einem kurzen Satz ließ sie noch verstehen, dass Anfang Dezember ein Gespräch wäre mit ihr selbst und dem Vormund mit uns Kindeseltern, wie es weitergehen soll. Garantiert nicht so wie es bis jetzt ist. Naja, die Wissen es eigentlich, was unsere Wünsche und Ziele sind. Da wird unter Garantie unsere Tochter wieder nicht dabei sein, wie immer, obwohl ich unser Kind mit am Tisch sitzen haben will. Wie man sieht, wird blockiert ohne Ende!

Dann bekam ich eine Antwort von der Chefin, die für die Umgänge zuständig ist, das die Umgänge nicht mehr dort statt finden und diese Hilfeeinrichtung nicht mehr zuständig ist, es wäre untergegangen aufgrund des Krankenstandes uns Bescheid zu geben bzw. abzusagen. Jetzt kann man mal wieder einmal sehen, wie die Kommunikation verläuft. Der eine weiß von anderen nichts. Normalerweise hätte, wenn wirklich dieser Kinder- und Jugendhilfeverein nicht mehr für den Umgang zuständig ist, den letzten Umgang begleiten müssen, denn dann hätten sie es uns weitergeben müssen, am Ende des Umganges und mit uns reden müssen darüber und nicht einfach schweige still im Grab spielen. Aus meiner Sicht, und ich denke mal es wird auch aus eurer Sicht so sein, ist es eine Frechheit und zugleich Schikane gegenüber dem Kind und den Eltern. Besonders dann, wenn diese Herrschaften genau gewusst haben, dass das Kind 4 Tage vorher Geburtstag gehabt hatte, den man auch nicht zugelassen hat.

Meines Erachtens nach, sollten solche Menschen erst gar nicht mit Kindern und Jugendlichen und dessen Eltern arbeiten dürfen. Selbst nicht als Familienberater und Umgangsbegleiter, denn sie wollen sich einfach nicht an die Gesetze halten und denken, das was sie tun ist richtig, obwohl es aber falsch ist. Wenn ihr auch derselben Meinung seid, dann könnt ihr mir gern schreiben, meine Kontaktdaten findet Ihr im Impressum auf der letzten Seite des Buches. Ihr müsst nicht unbedingt per Mail, es geht gerne auch per Brief.

Ende November bekam ich dann eine Mail von dieser Sozialarbeiterin mit folgendem Inhalt: „Die neuen Entwicklungen in Bezug auf die Umsetzung des Umgangs bedarf eines persönlichen Gesprächs mit Ihnen. Bitte erscheinen Sie diesbezüglich mit Ihrem Mann am 05.12.23 um 16:00 Uhr im Jugendamt. Dem Gespräch wird der Amtsvormund Ihres Kindes ebenfalls beiwohnen. Ein Ersatztermin kann nicht erfolgen. Das weitere Vorgehen besprechen wir dann. Vielen Dank für Ihr Verständnis!" So nun soll man echt wissen worum es genau geht, man kann aus diesem Satz nichts heraus lesen. Man stellt sich daher die Frage, was ist jetzt gemeint? Darf man das Kind noch sehen oder nicht mehr? Wollen die den Umgang verhindern? Hat man die Worte des Kindes erneut herum gedreht und will behaupten, es wolle angeblich uns Eltern nicht mehr sehen, was ich allerdings nicht so recht glauben kann und will, da sie uns lieb hat und sich auf die Umgänge mit uns stets gefreut hatte?

Daher habe ich ein Schriftsatz erfasst, eine Kopie von der Mail gemacht und es der Richterin abgesandt. Ich habe Angst, dass man uns das Kind nicht mehr sehen lassen will. In diesem

Schriftsatz habe ich alles hinein geschrieben, was alles während des Umganges seitens der Begleiterin gewesen ist.

Die Schule hatte sich nicht gemeldet und diese Einrichtung ebenfalls nicht, auch nicht das Schulamt. Naja, man erwartet in solchen Fällen keine Antwort von diesen Herrschaften, da man auch nichts anderes erwarten kann.

Nun hatten wir endlich einen Termin, um zu erfahren, wie es mit dem Umgang weitergeht. Es kam die Aussage, unsere Tochter will uns nicht mehr sehen. Dieser Aussage ist nicht zu glauben, denn warum hat unser Kind beim letzten Umgang uns gefragt, wann wir uns wiedersehen und warum schreibt sie einen Wunschzettel für Geburtstag uns Weihnachten? Da stimmt etwas nicht! Ich habe gesagt, dass wir es persönlich von unserer Tochter von Angesicht zu Angesicht hören wollen und dass wir es nicht glauben, denn es macht alles keinen Sinn. Wir haben denen eine Frist für innerhalb 3 Tage, um uns Bescheid zu geben, wann wir mit unserer Tochter darüber reden und dass sie uns es persönlich sagt, gesetzt. Diese Sozialarbeiterin meinte, sie könne doch unser Kind fragen, ob sie uns einen Brief schreibt, dass haben wir abgelehnt, denn einen Brief kann man Diktieren und manipulieren. Wir hatten dann gesagt, sie sollen doch bitte Ayleen sagen, dass wir persönlich mit ihr sprechen wollen darüber und sie sich darum zu kümmern haben und bis Freitag wollen wir Bescheid haben. Das ganze hatte diesen beiden Damen natürlich nicht gepasst, denn wir sagten auch, dass unsere Tochter so schwindeln kann, dass es keiner bemerkt. Natürlich kam von diesem Vormund gleich zur Antwort, warum sollte sie das tun, sie hat die Wahrheit gesagt. Ich gab ihr zu verstehen, dass sie meine Tochter sehr schlecht kennt. Naja, so was passt den Herrschaften nicht, weil man in den ihren Augen keine Ahnung hat vom eigenen Kind, was doch eher umgekehrt der Fall ist. Zum einen haben die nicht das Kind auf die Welt gebracht und groß gezogen und kennen jedes Detail, auch wenn sie schwindeln und zum anderen wissen die nicht, wie man es am Kind sehen kann, da man es als Eltern besser ersehen kann am Kind als diese Herrschaften. Dann kommt immer man selbst hätte keine Ahnung vom eigenen Kind und nur die haben Recht. Stimmt aber nicht! Dann meldete sich der Vormund bei uns mit der Aussage, unsere Tochter will keinen Kontakt aufnehmen, weil sie nicht bereit wäre uns ihre Entscheidung zu vertreten. Das sollen wir akzeptieren. Man kann es nicht akzeptieren, solange man es nicht vom Kind selbst gehört hatte. Klar, es kann gut sein, dass sie die Schnauze voll hat, so wie die Umgänge abgelaufen sind, sie wollte einen offenen und mit uns frei reden. Aber dann hätte sie uns es gesagt und nicht von jetzt auf gleich. Hier stimmt etwas nicht!

3 Tage später habe ich an den Vormund nochmals eine Mail gesandt, indem diese Frau meine Tochter zu den ganzen Geschenken fragen soll, was ich damit jetzt machen soll. Es handelt sich hierbei um die Geburtstagsgeschenke und Weihnachtsgeschenke, die ich alle eingepackt hatte, jetzt stehen sie da. Die Frage habe ich dem Vormund formuliert und sie darum gebeten mir spätestens am übernächsten Tag eine ehrliche Antwort zu schreiben. Genau 2 Tage später schrieb mir diese Dame, meine Tochter würde angeblich auf die Geschenke verzichten wollen und weiterhin keinen Kontakt zu uns aufnehmen wollen, des weiteren sollen wir alles was unser Kind betrifft keine Anfragen mehr stellen sowie Forderungen an das Kind stellen. Das ist eine Frechheit, wir haben keinerlei Forderungen gestellt zum einen und zum anderen haben wir als Eltern das Recht zu erfahren wie es unserem Kind geht, auch schulisch. Daraufhin schrieb ich meiner Tochter eine Weihnachtskarte und im selbigen Atemzug habe ich gleich einen Termin beim Anwalt gemacht, leider erst im kommenden Jahr, denn hier will man unbedingt den Umgang verhindern und dreht die Worte erneut des Kindes herum. Das werden wir uns nicht gefallen lassen, notfalls müssen wir den Umgang

einklagen. Ob unser Kind die Karte erhalten hat, wissen wir nicht, allerdings haben wir diese per Einschreiben-Rückschein gemacht, aus dem Grund, damit uns unsere Tochter nicht vorhalten kann, dass wir ihr nicht geschrieben hätten und ihr es vorweisen können. Ich hoffe sie hat die Karte bekommen.

Endlich ist das alte Jahr vorbei und konnten nun zum Anwaltstermin hingehen. Zuvor schaute ich in den Briefkasten, es lag dort ein Brief vom Familiengericht drin. Das Schreiben sollten wir zur Kenntnis nehmen und innerhalb von 14 Tagen Stellung dazu nehmen. Merkwürdig ist das Datum, das Jugendamt verfasste das Schreiben an das Gericht genau einen Tag bevor wir uns anhören mussten, dass unser Kind angeblich nichts mehr mit uns zu Tun haben will. Es wurde sogar hinein geschrieben, dass unser Kind einen offenen Brief an die Sozialarbeiterin geschrieben habe, mit der Bekundung, sie will keinen Kontakt zu uns. Dann fragt man sich, warum wurde uns der Brief nicht gezeigt? Ich habe da die Vermutung, dass es ein anderes Kind geschrieben hat oder es wurde ihr diktiert, da wir die Schrift kennen und genau Wissen, wie sie schreibt, also ob es aus freien Stücken ist oder nicht, wurde uns es nicht gezeigt. Das alles findet die Anwältin auch sehr fragwürdig, sie ist auch der Ansicht wie wir, dass das Kind mit uns darüber zu Reden hat, damit wir einen gemeinsamen Lösungsweg finden können. Sie meinte auch, dass hier versucht wird, die Bindung zwischen uns Eltern und dem Kind zu zerstören. Mal schauen wie es nun weitergeht, denn sie hat dazu allerdings nichts gesagt. Ich habe ihr die geforderten Unterlagen sowie den Beratungshilfeantrag sowie Prozesskosten per PDF in der Mail übersandt, sowie es abgesprochen war.

Ursprünglich wollte ich keinen Anwalt mehr nehmen im Bereich Familienrecht. Aber hier ist einer wirklich notwendig!

Alles was wir der Anwältin erzählt hatten, meinte sie auch, dass es nicht so sein darf und wir als Eltern die gesamte Zeit über im Recht waren, auch im Sinne und zum Wohle des Kindes.

Nach 1 Woche erhielt ich eine Mail von der Anwältin mit dem Anhang ihres Schriftsatzes an das Familiengericht. Ich staunte nicht schlecht, sie hatte genau dasselbe geschrieben, was ich auch einige Wochen vorab an die Richterin geschrieben, nur einige Zacken schärfer. Zudem nahm sie auch den Wunsch und die Ziele meiner Tochter mit in den Schriftsatz mit auf und hing es als Beweis in Kopie mit dran. Die Anwältin fordert einen angemessenen Umgang mit unserer Tochter, das heißt, das die Umgangsbegleitung wegfällt und wir einen offenen Umgang erhalten müssen, da es nicht mehr angemessen ist in dem Alter wo sich meine Tochter befindet.

Man sagt immer, doppelt hält besser, hoffe dass es wirklich so ist und bin gespannt darauf, was nun folgt.

Ich hatte es mir nicht nehmen lassen, eine Mail an diesen Vormund zu schreiben mit der Anfrage wie es meiner Tochter geht und wie es schulisch aussieht! Nun, meine lieben, ich bekam keine Antwort darauf, sie wird sich weigern mir eine zu geben, denn sie ist der Auffassung, wir sollten doch keine Anfragen stellen was unsere Tochter betrifft. Das Jugendamt dachte bestimmt, wir geben klein bei, weil wir nicht mehr uns gemeldet hatten und wussten nicht, dass wir uns einen Anwalt genommen haben, auch nicht als wir den Termin im Jugendamt hatten im Dezember, einen Tag nach dem die Herrschaften den Brief an das Gericht versandt hatten.

Endlich kam eine Nachricht vom Gericht, nach einer Wartezeit von 4 Wochen. Indem stand drin, dass unsere Tochter (17 Jahre) vom Richter angehört werden soll. Nur war es ein bisschen merkwürdig und fiel der Anwältin ebenfalls auf. Auf der einen Seite steht drauf, ohne im Beisein von Eltern, Erziehungsberechtigte und andere Personen, auf der anderen Seite stand drin, dass der Vormund mit dabei sitzt während das

Kind befragt werden soll. Daraufhin schrieb die Anwältin dem Richter, dass zum einen für das Kind kein Gerichtsbeistand besteht und zum anderen nur das Kind alleine mit dem Richter in einem Raum zu sein hat und bat das Gericht dieses auch zu tätigen und dass der Vormund abbestellt wird. Denn das Kind steht dann von seitens des Vormundes unter Druck genau das zu sagen, was der Vormund hören will und auch unter der Beeinflussung des Vormundes. Mal schauen, was heraus kommt, denn wenn die Anwältin das heraus bekommt, dass der Vormund mit im Raum am Tisch neben dem Kind gesessen hatte, dann gibt es ein Donnerwetter!

Ein paar Tage später bekamen wir Post vom Gericht, es war mit Anwesend eine Betreuerin, die unsere Tochter angeblich unbedingt dabei haben wollte. Nun kam das raus, was wir schon uns vorab gedacht hatten, sie will angeblich keinen Kontakt uns weiterhin haben. Damit war zunächst das Thema vorbei.

Am 04.August (Sonntag), gegen Mitternacht kam ein Anruf auf meinem Handy mit der Festnetznummer, indem meine Tochter derzeit „lebt". Am frühen morgen recherchierte ich zunächst, von wem die Festnetznummer gehört, denn diese Nummer kannte ich nicht, es stand nur der Ort mit dabei. Zunächst wollte ich es nicht wahr haben, dass es unsere Tochter gewesen ist, aber auf der anderen Seite ruft sowieso kein Mitarbeiter um Mitternacht an, zumal diese uns nicht anrufen dürfen, laut Ansage des Jugendamtes. Nun begab richtete ich bei der Anwältin eine Anfrage, diese wollte mir nicht helfen. Zur selben Zeit schrieb ich an das Gericht mit der Bitte dass dieses sich mit stark macht, dass mein Kind Kontakt haben darf, da hier ganz offensichtlich das Kind widerrechtlich seitens der Einrichtung von uns Kindeseltern ferngehalten wird und ich auf meinem Handy den Beweis habe. Bevor ich den Brief abgeschickt hatte, schrieb ich der Polizei. Nach 2 Schreiben hin und her, sollte nun meine Tochter angehört werden, wieder in der Einrichtung, obwohl ich darum gebeten hatte, dass sie zum selbigen Datum und Uhrzeit mit auf dem Gericht anwesend ist. Zeitgleich, mit dem zweiten Brief vom Gericht, indem sich das Jugendamt bzw. der Vormund äußern sollte (sie waren der Meinung, sie können sich es nicht Erklären, wie die Festnetznummer vom Franziskushaus auf mein Handy gekommen sei und überhaupt, wie der Anruf um diese Zeit stattgefunden haben soll, denn das Büro wäre angeblich verschlossen und meine Tochter würde meine Handynummer nicht kennen......!) kam ein Brief von der Staatsanwaltschaft, sie haben die Ermittlungen aufgenommen und der Anruf soll gesichert werden. Denn, seit wann ruft von ganz alleine eine Festnetznummer eine Handynummer an? Hierzu will ich euch was erklären, denn meine Tochter kann sehr gut schleichen, so dass es keiner mitbekommt. Man kann anhand der Uhrzeit und den ganzen anderen Tatsachen 1 zu 1 zählen und da liegt es auf der Hand, dass es nur das eigene Kind gewesen sein kann. Daher kann es nur so abgelaufen sein, dass sie sich in das Büro hinein geschlichen hat und sich das Telefon mitgenommen hatte. Dann legte sie sich ganz schnell in das Bett und unter der Decke hatte sie meine Nummer gewählt bis die Mailbox angesprungen war. Leider hatte sie nicht darauf gesprochen, aber man kann es verstehen, sie wollte keinen Ärger bekommen, da es sonst jeder mitbekam. Kurz darauf bekam ich einen Brief von der Familienkasse mit dem Weiterbewilligungsantrag vom Kindergeld und den dazugehörigen Bescheinigungen für Schule und Ausbildungsstätte. Damit war ich extra in die Schule gefahren, um die Bescheinigung ausfüllen zu lassen. Zuerst wollte man mich rausschmeißen, ich blieb aber eisern und zeigte die Geburtsurkunde im Original sowie meinen Personalausweis vor. Beide Dokumente wurden kopiert und aneinander geheftet. Auf meine Frage hin, wie sich meine Tochter in der Schule macht, bekam ich die Antwort „Wir dürfen ihnen keine

Auskunft geben, sie haben kein Umgangsrecht!". Ich fiel aus allen Wolken, glaubt mir, denn uns Kindeseltern ist genau dieses Recht nicht aberkannt worden. Damit hatte ich die Bestätigung, dass es in der Schule Verleumdungen seitens des Vormundes gab und weil das ja nicht alles gewesen ist, sich jemand als leibliche Mutter ausgegeben hatte. Dann fragte ich, ob es möglich ist, meiner Tochter Geburtstagspost in die Schule zu schicken und dass es auch von seitens der Schule gewährleistet wird, dass sie auch die Post erhält. Zum Glück bekam ich grünes Licht dazu und auch die Adresse von der Schule. Die Bescheinigung für die Familienkasse wurde ebenfalls ausgefüllt und dorthin gesendet, natürlich könnt ihr euch vielleicht denken, mit Absprache des Jugendamtes. So stand es in der Mail. Am selbigen Tag, nachdem die Mail angekommen war, gab ich den Antrag noch ab. Die Post ist dort angekommen. Ihr wisst ja, hoffentlich hat es das Kind wirklich erhalten.

Nun kam 3 Tage vor dem Anhörungstermin des Kindes erneut Post vom Gericht, dass der Termin nicht stattfindet, da sie das 18. Lebensjahr vollendet. Zum Glück ist sie endlich 18 Jahre alt geworden am 16.November 2024, da kann sie endlich selbst entscheiden und auch ausführen, was sie will. Damit endet auch die Vormundschaft und das gesamte Jugendamt ist endlich raus und man kann ihr nicht mehr von die Worte herum drehen. Ich bin echt gespannt, was ab jetzt kommt! Die Hoffnungen gebe ich nicht auf, dass ich meine Tochter wieder in die Arme schließen kann und auch mit ihr sprechen kann.

Es sei an dieser Stelle gesagt, immer an eure Kinder Denken, sie können nichts dazu! Gerne könnt ihr euch an mich wenden, ich helfe und unterstütze euch sehr gerne! Schaut einfach auf www.erfahrenefamilienberaterindietzmanninken.de, dort findet ihr alle Informationen und Kontaktdaten. Ich freue mich euch helfen zu dürfen. Wer zudem auch einen Businessplan braucht egal ob schon selbständig oder nicht, dem stehe ich ebenfalls gerne zur Verfügung! Traut euch ruhig! Keine Sorge! Ich bin anders als andere Berater!

Es grüßt Euch

Eure Erfahrene Familienberaterin – Dietzmann Inken

Nun will ich euch noch ein paar Informationen und nützliche Tipps mit auf den Weg geben!

Es gibt Termine oder aber auch Gespräche mit den Mitarbeitern vom Jugendamt oder in einer Einrichtung, die einen förmlich aus der Haut fahren lässt. Insbesondere, wenn die Mitarbeiter vom Jugendamt oder Mitarbeiter von den Kinder-und Jugendeinrichtungen uns Eltern und unsere Kinder besser kennen würden als wir selbst. Leider kennen diese Menschen keine Menschenwürde. Man wird bis unter die Gürtellinie beleidigt. Daher passiert es schnell, dass man geneigt ist, aggressiv zu werden ob verbal oder nonverbal. Klar, kein Mensch hat es verdient, beleidigt zu werden und als Dumm hingestellt zu werden, ob es die eigene Person ist oder das eigene Kind und man will sich das nicht gefallen lassen. Manche Mitarbeiter sind der Auffassung, dass man nicht in der Lage ist oder nicht fähig dazu erscheint, sein Kind zu erziehen oder dass man selbst psychisch krank sei. Leider sehen das auch viele Familienhelfer so. Daher biete ich aus der Betroffenenperspektive Familienberatung zur Lösung Eures Problems mit dem Jugendamt aber auch mit den Familienhelfern an, ob Online Beratung oder Persönliche Beratung, da ich Euch unterstützen und Helfen will und ich selbst sehr viele Erfahrungen gemacht habe, da ich eine Tochter habe, die aufgrund von Verleumdungen seitens des Jugendamtes in eine Einrichtung gesperrt wurden ist. Dazu habe ich auch ein Buch verfasst (Wie das Amt wirklich tickt). Im Impressum findet Ihr meine Kontaktdaten, gerne könnt Ihr bei mir einen Termin bekommen. Ich wohne in Erfurt und biete im Raum Erfurt auch Hausbesuch an, wenn das Amt sich angekündigt hat und Ihr die Wohnung Clean haben müsst und helfe Euch dabei. Zudem Biete ich auch im Raum Erfurt an, zu den Terminen mit zu kommen auf Wunsch. Online Beratung biete ich an, mich mit dem jeweiligen Amt in Verbindung zu setzen, Euch Musterbriefe zukommen zu lassen oder Gesetze und Paragraphen die ihr benötigt. Ihr braucht keine Sorge haben, alles was gesagt wird bleibt unter uns. Ich weis dass ihr es anders kennt, da ich das aus eigener Erfahrung kenne wie alles weiter erzählt wird, könnt ihr mir ruhig vertrauen, das ich nichts weiter sagen werde.

Straßenkinder – Sie kommen aus den Einrichtungen und Kinderheimen

Leider kennen wir alle das Problem, das sehr viele Kinder auf der Straße leben müssen, besonders in Deutschland. Diese Kinder werden von unserem Staat und unserer Gesellschaft alleine gelassen. Aber warum? In Deutschland leben derzeit 20.000 Kinder und Jugendliche ganz oder teilweise auf der Straße. Exakte Zahlen über Kinder und Jugendliche sowie junge Volljährige mit Straßenkarrieren, wie die Bundesregierung die Betroffenen im zweiten Armutsbericht benennt, aus denen eindeutig hervorgeht, wie viele junge Menschen in Deutschland tatsächlich auf der Straße leben, gibt es nicht. Aber die Zahlen steigen weiter an. Diese Kinder und Jugendlichen sind meist aus Kinderheimen, die entweder dort abgehauen sind, da sie die Umstände die dort vorhanden sind, nicht mehr ertragen konnten, oder wenn sie 18 Jahre alt sind und die Eltern sie nicht mehr aufnehmen wollen. Die Umstände sind in den Kinderheimen für Kinder die aus reiner Verleumdung von seitens des Amtes sich dort befinden müssen, nicht tragbar. Da sie rebellieren, ihre Eltern sehen wollen, nachhause wollen vom ersten Tag an, die gesamten Dinge die das Amt behauptet hat revidieren tut und sagt es stimmt nicht, wird es gerade solchen Kindern am schwersten gemacht. Sie dürfen kein Handy haben, kein Laptop, keine Briefe an die Eltern schreiben und keine erhalten, es wird ihnen die Damenhygieneartikel wie Binden oder gar WC-Papier auf Zuteilung gegeben, dürfen von den Eltern nichts annehmen, dürfen keine Festlichkeiten mit den Eltern feiern und was am allerschlimmsten ist, sie haben keine Rechte mehr und es werden ihnen die Taschen kontrolliert sowie 24 Stunden Beaufsichtigung. Da kann man sich vorstellen, wie die Kinder sich dabei fühlen, es werden von seitens der Mitarbeiter die Kinder angeschnauzt im Beisein der Eltern. Dann kann man auch verstehen, dass die Kinder von dort abhauen.

Kindesmisshandlungen

Wenn aber ein Kind im Elternhaus nicht sicher ist und es Misshandelt wird, nennt man das auch Kindesmisshandlungen, es kommt leider vor. Das liegt einerseits daran, dass unter dem Begriff nicht nur sexuelle, sondern auch körperliche sowie seelische Gewalt an den Kindern ausgeübt wird. Gleichwohl haben die Misshandlungen auch langfristige Folgen für die Kinder, nicht nur für die unmittelbar Betroffenen. Leider sieht das Jugendamt in allen Eltern Straftäter, Kindesmisshandlungen, Kindeswohlgefährdungen, sind Worte mit denen man richtig als Mitarbeiter solch eines Amtes spielen kann. Da wo nichts gewesen ist, werden die Kinder als Spielball benutzt, die Eltern angezeigt, Kinder weggenommen. Wo wirklich was ist, da wird nicht hingeschaut. Da fragt man sich, in welchem Staat leben wir und haben wir als Eltern überhaupt noch Rechte? Wie schnell nimmt das Jugendamt einem das gesamte Sorgerecht weg mit allem drum und dran. Leider ist das bei mir auch so, obwohl es bewiesen wurde dass nichts gewesen ist, wurde der Gutachter vom Jugendamt für ihre Zwecke benutzt so dass er ein falsches Gutachten ausgestellt hat. Die Aussage meiner Tochter wurde ignoriert. Daher will ich allen Familien und Eltern helfen und unterstützen! Es darf nicht so weiter gehen. Denn meist wird man als Mama zusätzlich auch gestalkt von Nachbarn oder anderen Personen, da ich dieses Problem ebenfalls selbst erfahren habe, biete ich auch in diesem Fall Unterstützung und Hilfe an.

Reiches Land, arme Kinder

Deutschland ist Reich! Ist aber nicht so und es Denken immer noch viele, die zu uns kommen, dass Deutschland sehr reich ist. Stimmt nicht. Wir sind in einer tiefen Schuldenfalle und kommen so schnell nicht wieder da raus, die Kassen sind alle leer, daher müssen immer neue Schulden gemacht werden, sinnlose Dinge erbaut werden anstatt das Geld für die in Deutschland lebende Bevölkerung zu verteilen. Am meisten sind unsere Kinder und Jugendlichen Betroffen. Etliche Familien leben heute in Armut. Die Kinderarmut zeigt oftmals verschiedene, langfristige, negative Folgen – ein Teufelskreis droht. Unsere Kinder können auch nicht in den Urlaub fahren, es sei denn, die Eltern verschulden sich, da sie sich Geld leihen müssen aber nicht wissen wie sie das zurückzahlen sollen. Daher gehen auch viele Kinder betteln, sitzen auf der Straße und nehmen Alkohol und Drogen ein. Leider finden nicht mehr alle Eltern in der heutigen Zeit eine vernünftige Arbeit, sodass sie auf Hartz Vier angewiesen sind und den Kindern nicht viel bieten können. Klar, es wird immer viel geredet es gäbe viele offene Stellen, man bewirbt sich und bekommt eine Abfuhr. Das finde ich nicht in Ordnung. Kinder sind unsere Zukunft und daher muss uns Eltern auch eine Arbeit gewährt werden, damit die Kinder nicht in Armut leben müssen und nicht wissen, wie komme ich aus diesem Kreis heraus. Es wird auch aufgrund dessen gemobbt und leider ist das auch ein Rotes

Tuch für das Jugendamt, da die Eltern gezwungen sind eine kleine Wohnung zu nehmen und es nicht immer wie geleckt aussieht, die Kinder nicht soviel essen haben können oder Hochwertige Kleidung. Schwups, ist das Jugendamt da und Kind weg. Darüber sollte sich unsere Regierung mal den Kopf zerbrechen dass das nicht so sein kann. Obwohl die Eltern sich bemühen, aber aufgrund des finanziellen nicht so sich ausstrecken können, werden die Kinder weggenommen. Meine Meinung ist, dass das Jugendamt wieder in staatliche Hände kommt und weniger Rechte, dafür uns besser geholfen wird und die Kinder bei uns verbleiben.

Wie teuer es in Deutschland ist, ein Kind aufzuziehen

Das statistische Bundesamt hatte eine Studie zu den Konsumausgaben Deutscher Haushalte mit Kindern veröffentlicht. Das Ergebnis: Kinder kosten immer mehr Geld. Über 100.000 € kommt an Kosten auf eine Familie zu, bis das Kind volljährig ist. Oft aber ist das nur das absolute Minimum. Seit diesem Jahr 2022 sind die Kosten angestiegen für Windeln, Nahrung, Kleidung, Schulmaterialien und vielem mehr. Die Gelder in den Geldbörsen werden weniger, dafür muss man heutzutage das 3 fache für Windeln bezahlen als noch vor 2 Jahren. Die Mieten sind auch angestiegen und die Heizkosten. Kinder wollen aber auch vernünftige Möbel, ja von was bezahlen wir das? Einfach zu teuer, wir basteln es irgendwie selbst. Das die Preise immens angestiegen sind, liegt an folgenden Faktoren: Die Ampelregierung hat die CO2 Steuer Eingeführt, wir bezahlen die Pandemie, in den Lebensmittelpreisen liegen versteckt auch Spenden an die Migranten, Energiepreise und zudem auch die Waffenexporte in die Ukraine sowie die gesamte Aufnahme.Für unsere Kinder können wir nur das Nötigste kaufen. Kauft sich ein Kind eine

Tafel Schokolade, dann ist das Taschengeld alle, da diese sehr teuer ist. Keiner kann mehr sparen oder mit unseren Kindern ohne auf das Geld achten zu müssen auf den Rummel zu gehen, Kleidung zu kaufen und vielem mehr. Es muss die Preistreiberei aufhören. Solange diese Regierung dran ist, werden wir kaum eine Chance bekommen, wieder ohne Geld sorgen zu leben und den Kindern alles ermöglichen zu können.

Die Spielzeugindustrie profitiert kräftig von den Rollenklischees

Das „Gendermarketing" hat sich in den letzten Jahren ausgebreitet. Die Spielzeugindustrie versucht dadurch, Umsatzeinbußen vorzubeugen. Für unsere Kinder heißt das vor allem, Blumen und Einhörner für die Mädchen und Ritterschloss sowie Feuerwache für die Jungen. Warum Kinder so leicht auf solches Spielzeug anspringen und was die Kinder über die Werbung Denken, ist einfach. Die Werbung ist bunt und die Kinder wollen alles haben, nur damit sie nicht gemobbt und ausgeschlossen werden. Sie wollen mitreden können. Ob sie damit überhaupt spielen, ist eine andere Frage. Denn meist haben sie sehr viel im Kinderzimmer und es wird nicht benutzt, nur weil die Werbung es ihnen gezeigt hat. Wir Eltern haben dann sehr viel Geld ausgegeben. Heutzutage gibt es mehr Werbung als alles andere und zu viel Spielzeug welches einfach nicht zum Spielen geeignet ist. Schauen wir mal in ein Spielzeugladen, da fällt uns einiges auf, was einfach nicht sinnvoll und ungeeignet für die Entwicklung der Kinder ist. Was brauchen die Kinder Sammlerpuppen? Mit denen kann man nicht spielen, sie stehen nur herum und verstauben. Meine Meinung ist auch, dass es keine Spielzeugwaffen mehr geben sollte. Denn wer klein anfängt damit, wird später sich eine echte Waffe besorgen und wenn es hoch kommt, damit jemanden umbringen oder sich selbst in Gefahr bringen. Die Spielzeugwaffen kann man auch nicht mehr von einer echten unterscheiden. In meinen Augen zählt das zum Kriegsspielzeug. Würde es das nicht mehr geben, dann kämen unsere heutigen Kinder nicht auf den Gedanken richtigen Krieg auszuüben. Ebenso manche Kinderfilme und Serien, die mit Gewalt bestückt sind. Die Kinder sehen es und Denken das ist normal, wenn ich meine Faust anwende. Da muss auch mal ein Riegel davor geschoben werden.

Wenn die Kinder einsam sind, leiden sie

Kinder leiden, wenn sie sich einsam fühlen. Doch was sind die Gründe für die Einsamkeit des Kindes? Liegt es an seinem Charakter, dass es nicht mit anderen Befreundet sein will und lieber alleine spielt oder ist es die Gesellschaft, die unsere eigenen Kinder ignoriert oder sind es die Eltern, die wenig Zeit haben, weil sie arbeiten gehen, Eltern die sich lieber um den Alkohol und die Drogen kümmern als um das Kind und die fehlenden sozialen Kontakte nicht herstellen obwohl sie dafür verantwortlich sind? Jedes Kind ist anders und in jeder Familie herrschen andere Situationen. Man kann nicht alle Kinder und deren Familien gleich setzen und lieber nach forschen warum es einsam ist. Aber man sollte sachte an die Kinder heran treten, da es verschiedene Gründe gibt und das Kind es nicht sofort sagen kann oder will. Auch die Kinder in den Kinderheimen und Einrichtungen fühlen sich sehr einsam. Es wird ihnen vorgegaukelt, dass diese Einrichtung / Kinderheime ihre Familie wären, es ist aber Lüge. Sie wollen von dort raus, in die Herkunftsfamilie zurück. Das wird leider ignoriert und blockiert, da sie lieber die Kinder und Jugendlichen

Manipulieren und Beeinflussen wollen und die Kinder sollen nur schlechtes Erfahren über die Eltern, damit sie sich von ihnen abwenden und keinen Kontakt mehr haben wollen. Sie fragen sich dennoch, stimmt es oder nicht? Es wird sich zurück gezogen, schlechte Ergebnisse in Schule und werden aggressiv. Dadurch sind sie auch einsam!

Warum Kinder zu Soldaten werden

Nach wie vor, wird auf der ganzen Welt rund eine Viertelmillion Kinder als Soldaten missbraucht. Von Armeen oder Milizen werden sie zwangsrekrutiert und müssen als Kindersoldaten lernen, wie man Töten muss und verlieren dabei jede Hoffnung auf ein normales Leben. Unterstützt werden solche unmenschlichen Praktiken durch Gesetzeslücken und den Waffenexporten aus der ganzen Welt, etwa auch in den USA sowie Deutschland. Die Kinderhilfsorganisationen haben kaum eine Möglichkeit, dem ein Ende zu setzen. Daher sollte Deutschland den Anfang machen, keine Waffenexporte mehr, um dieses Elend zu verringern, weniger Waffen herstellen, am besten gar keine Waffen mehr herzustellen.

Depressionen bei den Kindern

Klar, dass Einschneidende Erlebnisse, wie der Verlust einer Bezugsperson oder der Mangel an Geborgenheit, an den Kindern nicht spurlos vorübergehen und sogar im schlimmsten Fall zu einer Depression führen können. Doch nicht immer müssen es solche gravierenden, Beziehungsweise Einschlägigen Ereignisse sein, die dazu führen können, dass die Kinder in ein sogenanntes „Loch" fallen. Die Zahl der Depressiven Kinder, ist in den letzten Jahren gestiegen. Jeder 20.Jugendliche in Deutschland, leidet an einer Depression.

Woran das liegt, lest ihr in meinem Ratgeber, Die Kinder und ihre Psyche. Darin ist alles beschrieben. Wenn ihr aber nicht warten könnt und ihr Fragen habt, stehe ich euch gern beratend zur Seite.

Pubertierende Jugendliche – Was könnt ihr tun?

Es ist völlig normal, wenn eure Kinder von euch genervt sind, da ihr wollt, dass es ihnen gut geht und euch für die Schule oder die Dinge interessiert, was die Teenager gerade machen, ihr macht euch Sorgen. Das wollen unsere Kinder in diesem Alter nicht wissen, sie wollen alleine alles ausprobieren. Ihr müsst sie lassen. Klar, es ist schwer! Besonders bei Stimmungsschwankungen solltet ihr es nicht persönlich nehmen. Keine Strafen einsetzen, stattdessen bleibt lieber Konsequent.

Bringt ihnen viel Vertrauen rüber, denn das ist die Basis für das Selbstbewusstsein, welches in der Entwicklung sehr wichtig ist.

Setzt Grenzen. Wird es gefährlich oder ihr habt das Gefühl, da stimmt etwas nicht, zum Beispiel wenn eure Kinder Diebstahl begehen oder sich mit den falschen Freunden treffen und eure Kinder alles vernachlässigen, dann könnt ihr streng sein. Ansonsten müsst ihr ihnen einen Rahmen geben, das heißt, unter der Woche gibt es keine Übernachtung und Discogänge wenn Schule ist.

Themen die Tabu für euch sind!

Ihr haltet euch aus den Chats raus, lest keine Tagebücher. Die Ausnahme ist, wenn ihr den Verdacht habt, euer Kind hat etwas mit Drogen, Selbstmordgedanken, Diebstahl, Körperverletzungen, klaut Autos und fährt diese ohne

Führerschein, Mobbing verdacht zu tun. Stellt euren Kindern viele Fragen.

Wie und wann könnt ihr mit ihnen über das Thema Sex reden?

Sprecht mit ihnen über eure Erfahrungen, sobald eure Kinder euch danach fragen. Nicht selbst damit beginnen, denn die Kinder entscheiden selbst, wann sie dazu bereit sind. Da das ein Entwicklungsprozess ist. Fangt so früh wie möglich damit an. Es kann gut sein, dass eure Kinder nicht mit euch darüber reden wollen, akzeptiert es. Wenn die Kinder sehr viel Vertrauen zu euch haben, kommen sie von alleine an und erzählen euch alles und fragen euch um Rat, auch wenn sie einen Freund und Freundin haben. Nehmt ein Buch, welches eurem Alter des Kindes entspricht und erklärt es ihnen. Bitte nicht mit der Biene und der Blume anfangen. Ihr könnt zum Beispiel so beginnen: „ Könnt ihr mir sagen, wie ihr entstanden seid oder habt ihr eine Idee ?" Wartet die Antworten ab, je nachdem sie antworten, sprecht ihr dann ganz offen über das Thema Sex. Falls eure Kinder wissen wollen, wie der Mann verhütet, dann nehmt eine Banane und zeigt ihnen wie man das Kondom darüber zieht und dann lasst es eure Kinder ruhig ausprobieren. Packt ihnen ab dem Alter von 14 Jahren ruhig Kondome in die Tasche, denn ihr wisst nicht, was sie in diesem Alter machen nach der Schule. Es kann gut sein, dass sie dann die erste Freundin oder den ersten Freund haben, da kann es schnell passieren, dass sie sich ausprobieren. Aber macht euch dann bitte keine Sorgen, das ist ganz normal, denn wir haben auch in diesem Alter begonnen.

Die ernsten und normalen Probleme unterscheiden

Als Eltern ist man betriebsblind. Woran erkennt man, was hinter Trotzphasen, schlechte Laune, Zurückgezogenheit steht? Bagatellisiert nicht alles. Hinterfragt lieber oder wenn eure Kinder euch keine Antwort darauf geben, fragt die Klassenkameraden und Freunde. Das kann harmlos sein, wie wenn ihr ihnen sagt, sie sollen das Kinderzimmer aufräumen oder Hausaufgaben erledigen und lernen für die Schule. Allerdings kann das auch die Möglichkeit sein, wenn ihr eure Kinder nur kontrolliert und auf dem Handy eine App zur Nachverfolgung installiert habt. Das ist aber keine Lösung, denn sie wollen ausprobieren, mit den Freunden alleine sein, für das spätere Leben lernen, selbst sich zu verteidigen und auch mal Nein sagen. Ihr könnt eure Kinder anrufen und mit ihnen eine Zeit ausmachen wann sie euch anrufen, damit ihr wisst wo sie sind und dass es ihnen gut geht. Sollte das Telefon aus sein und eure Kinder sind zur abgesprochenen Zeit nicht Zuhause angekommen, ruft die Freunde an und falls sie bei denen nicht nicht, dann die Polizei. Habt ihr einen schlimmen Verdacht, dann sagt es der Polizei, das kann ein ehemaliger Nachbar sein der eure Kinder abgepasst hat und mit zu sich genommen hat. Bleibt ruhig bei der Sache. Ich kenne dass sehr gut, man macht sich Sorgen und hat Angst um das Kind.

Kumpel oder Autoritätsperson als Eltern?

Kumpel sein ist zwar schön, allerdings lasst es lieber, denn eure Kinder haben ihre Freunde. Zeigt ihnen gegenüber viel Respekt, wenn die Klamotten herumliegen dann bewahrt Ruhe und sprecht darüber im ruhigen Ton. Immer daran denken, eure Kinder machen eine schwierige Entwicklungsphase durch, auf der einen Seite wollen sie schon Erwachsen sein und auf der anderen Seite noch Kinder. Ihr müsst an eure Kinder glauben, ihre Privatsphäre nicht verletzen. Die Freunde akzeptieren, auch wenn es euch nicht in den Kram passt. Seid zu Kompromissen bereit und nehmt es nicht persönlich, wenn eure Kinder euch beschimpfen. Hört euren Kindern aktiv zu und versucht eine Lösung zu finden. Erzählt ihnen nicht über eure negativen Erfahrungen, sie wollen selbst Erfahrungen sammeln und daraus lernen. Öffnet eure Türen für eure Teenager, wenn sie wissen, sie können jederzeit zu euch kommen, ob sie Hilfe brauchen, einen Rat suchen oder Zuflucht, habt ihr viel gewonnen. Zeigt ihnen dass ihr sie lieb habt, egal was sie angestellt haben, sie lernen aus den Fehlern. Bleibt trotzdem weiterhin Konsequent.

Was aber kann man machen, wenn sich die Teenager Selbstverletzen (Ritzen)?

Die Selbstverletzung und das Ritzen, haben viele verschiedene Ursachen und Gründe. Erstmal nicht in Panik geraten und mit eurem Kind versuchen darüber zu reden, warum es das tätigt. Macht ihnen keine Vorwürfe und schreit sie an, denn dass macht die Sache noch schlimmer. Stattdessen ruhig mit eurem Kind zu reden. Falls es nicht redet und schweigt, dann überlegt erst mal was es für Gründe haben kann. Seid ihr umgezogen und euer Kind wollte den Umzug nicht, wegen der Schule und seinen Freunden, dann kann es diese Ursache haben, denn das ist eine Trotzreaktion. Habt ihr einen neuen Partner, kann dies auch dazu führen. Es gibt noch weitere Ursachen dafür: Mobbing, Erpressung von Mitschülern, wenn es stets verprügelt wird in der Schule, Opfer eines Sexualverbrechens geworden ist und viele mehr. Wenn ihr keine Chance bekommt dass euer Kind mit euch spricht, dann ist der nächste Gang zum Kinder,-und Jugendpsychiater. Am besten in eine Klinik für Kinder-und Jugendpsychiatrie, dort wird eurem Kind geholfen von professionellen Personen und es wird wieder in die Richtige Bahn gelenkt. Euer Kind wird den Gang erst mal nicht so toll finden, aber es ist euch hinterher sehr dankbar dafür.

Falls das Jugendamt Euch die Kinder entzogen hatte aufgrund falscher Verdächtigung zum Beispiel wegen des Verdachts eine schweren sexuellen Missbrauchs eines Kindes und es sich in einer Einrichtung befindet, ihr nur einen Begleiteten Umgang habt, es eingestellt wurde, dann kann das Jugendamt nicht nochmals Euch diesbezüglich Anzeigen! Wenn Ihr erneut einen Brief aus dem Briefkasten zieht vom Amtsgericht und ihr derselben Sache Verdächtigt werdet, dann könnt ihr gemeinsam mit dem Pflichtverteidiger es zu euren Gunsten nutzen und einen offenen Umgang erwirken, denn das dient dann als Beweis dafür, dass ihr die gesamte Zeit über die Wahrheit gesagt hattet und erneut sich jemand an euch rächen will. Man erschreckt sich erst mal, geht mir genauso, allerdings hat derjenige der es getan hat euch in die Karten gespielt, das müsst ihr von der Seite sehen, denn ihr seid unschuldig und könnt es beweisen. Zunächst muss erst mal von seitens der Pflichtverteidiger die Ermittlungsakten eingefordert werden, klar, damit man überhaupt genau weis wer es gewesen ist und wann, wo welche Uhrzeit und welches Kind es sein soll. Sowie es dann eingestellt ist, geht ihr den nächsten Schritt, Anzeige gegen die Person die euch belastet hat. Besprecht es mit dem Pflichtverteidiger und meldet euch gleich sobald der Brief da ist, auch wenn ihr den ersten Brief vom Amtsgericht erhalten habt, geht gleich am nächsten Tag hin, Punkte für Euch sammeln! Denn nur so sehen sie, halt da stimmt etwas nicht. Solltet Ihr vorab keinen Brief von der Polizei erhalten haben, sagt es auch dem Anwalt sowie das euer Kind in einer Einrichtung ist! Ihr braucht nicht zur Polizei gehen, Aussage verweigern, sonst wird es gegen Euch verwendet, nur mit dem Anwalt sprechen!!!!!

Nachdem ihr die Anzeige mit dem Anwalt gemacht habt, dann zieht den Anwalt auf eure Seite, damit ihr mit ihm gemeinsam dem Jugendamt beweisen könnt, dass ihr die gesamte Zeit über die Wahrheit gesagt habt und keiner zu gehört hatte sowie ihr als Lügner dargestellt worden seid, da es hierbei erneut um einen Rachefeldzug einer Person war, die euch nichts gutes wollte. Somit könnt ihr Eure elterliche Sorge sowie einen Offenen Umgang erwirken und seid den Vormund endlich weg.Lasst bitte Euer Kind die Schule dort fertig machen, das wichtigste habt Ihr zunächst erreichen können, denn mit einem Offenen Umgang kann man sich wieder annähern und es sitzt keiner daneben und hört zu, schreibt mit.   Am besten kontaktiert mich ruhig und wir machen uns einen Termin aus!!!!

<u>In eigener Sache</u>

Wenn ihr Probleme mit dem Jugendamt habt, ihr gestalkt werdet oder bei der Kindererziehung, biete ich euch eine Persönliche Beratung sowie Online – Beratung an. Ich bin Erfahrene Familienberaterin und biete eine Problemlösende Beratung aus der Betroffenenperspektive an. Meine Beratungen liegen in der ungewollten Kinderlosigkeit, Kindererziehung, Probleme mit dem Jugendamt, andere familiäre Probleme und Gründerberatung. Gerne könnt ihr mir eine Mail zukommen lassen, auf meiner Homepage einen Termin buchen oder über das Kontaktformular sowie mich anrufen, bitte sprecht auf meinen Anrufbeantworter damit ich euch zurück rufen kann. Ich melde mich innerhalb von 24 Stunden zurück und wir finden einen Termin. Es gibt auch keine langen Wartezeiten auf Termine! Im Raum Erfurt biete ich Hausbesuch an oder Termine können auch im Café wahrgenommen werden, wenn ihr es wünscht. Ich arbeite nicht für das Jugendamt und innerhalb von 24 Stunden ist eine Antwort garantiert. Alternativ könnt ihr mir gerne auch über den normalen Postweg Kontakt zu mir aufnehmen. Auch hierbei sind Antworten innerhalb 24 Stunden garantiert.Schaut einfach auf meiner Homepage vorbei, ich biete für jeden Geldbeutel eine Beratung an und erstelle individuelle Paketpreise. Ich arbeite und wohne in Erfurt, habe eine Tochter. Alles was gesagt wird bleibt unter uns! Alle Familien sind bei mir Willkommen, egal in welcher Stellung, ob schwul, lesbisch , hetero! Selbst am Wochenende sowie Feiertags bin ich für euch gerne da!

Impressum

Erfahrene Familienberaterin – Problemlösende Beratung aus
der Betroffenenperspektive

Kindererziehung / ungewollte Kinderlosigkeit / Probleme mit
dem Jugendamt / andere familiäre Probleme /
Gründungsberaterin

Dietzmann Inken

Bebelstraße 40

99086 Erfurt

E – Mail : dietzmanninken18@gmail.com   Homepage:
http://www.erfahrenefamilienberaterindietzmanninken.de